“我不是天才”系列图书是针对小学中高年级读者的名人传记小说，通过杰出人物的人生经历，促进孩子对世界的探索和对真善美的追求，引导孩子找到自己与杰出人物的共同之处，激发成长的动力和潜能。

在《米开朗基罗的画笔》中，小女孩克里斯蒂娜正为学校的期末表演画背景板。面对巨大的画布，她愁眉苦脸，不知从何下手。她不耐烦地踢翻了画笔筒，画笔四处散落，其中一支滚到了窗帘后面。克里斯蒂娜赶忙追过去，掀开窗帘，却发现自己来到了一个神奇的世界——她站在高高的脚手架上，巨大的天花板上满是精美绚丽的壁画，而地面上，一位留着络腮胡的年轻艺术家正不耐烦地看着她。这位艺术家可不是寻常之辈，而是那位才华横溢却脾气火爆的著名雕塑家米开朗基罗……

米开朗基罗的画笔

[意] 塞西莉亚 · 拉泰拉 / 著
[意] 詹卢卡 · 加罗法洛 / 绘
萌　达 / 译

中国少年儿童新闻出版总社
中国少年兒童出版社
北　京

著作权合同登记 图字：01-2023-6073

图书在版编目（CIP）数据

米开朗基罗的画笔 /（意）塞西莉亚·拉泰拉著；(意)詹卢卡·加罗法洛绘；荫达译. -- 北京：中国少年儿童出版社，2024.3
（我不是天才）
ISBN 978-7-5148-8525-5

Ⅰ.①米… Ⅱ.①塞… ②詹… ③荫… Ⅲ.①儿童故事－意大利－现代 Ⅳ.①I546.85

中国国家版本馆 CIP 数据核字（2024）第 020720 号

MIKAILANGJILUO DE HUABI
（我不是天才）

出版发行：中国少年儿童新闻出版总社 中国少年兒童出版社

执行出版人：马兴民

丛书策划：	缪　惟　唐威丽	**版权编辑（特邀）：**	王韶华
责任编辑：	陈白云	**版权编辑：**	胡　悦
美术编辑：	徐经纬	**装帧设计：**	徐经纬
责任印务：	厉　静	**责任校对：**	刘文芳
社　　址：	北京市朝阳区建国门外大街丙 12 号	**邮政编码：**	100022
编 辑 部：	010-57526320	**总 编 室：**	010-57526070
发 行 部：	010-57526568	**官方网址：**	www.ccppg.cn

印刷： 北京利丰雅高长城印刷有限公司

开本：	787mm × 1092mm　1/16	**印张：**	6.25
版次：	2024 年 3 月第 1 版	**印次：**	2024 年 3 月第 1 次印刷
字数：	63 千字	**印数：**	1—5000 册

ISBN 978-7-5148-8525-5　　**定价：** 59.80 元

图书出版质量投诉电话：010-57526069　电子邮箱：cbzlts@ccppg.com.cn

写在前面

中国和意大利是东西方文明的杰出代表，共同书写了人类文明史上的辉煌篇章。中国和意大利两个伟大文明之间的友好交往源远流长。2000 多年前开辟的丝绸之路，跨越山海，使中意两国紧紧相连，形成了互尊互鉴的文化与经济的交流传统。

为进一步加强中意文化交流，中国少年儿童新闻出版总社提出原创图书——“我不是天才”丛书的规划设想，拟借助东西方少年儿童耳熟能详的文艺复兴艺术巨匠，以图文并茂的儿童文学作品，再现意大利文艺复兴时期达·芬奇、米开朗基罗和拉斐尔三位艺术大师的杰出成就，希望通过艺术家的人生经历，激发少年儿童对世界的探索和对美的追求。

作为中国少年儿童新闻出版总社与意大利合作出版的作品，“我不是天才”丛书既是中意双方携手合作的成果，也是两国文化交流密切深入和两国人民之间深情厚谊的见证。丛书由中国少年儿童新闻出版总社策划，意大利知名童书作家塞西莉亚·拉泰拉与意大利著名画家詹卢卡·加罗法洛联袂创作。

达·芬奇、米开朗基罗和拉斐尔是意大利文艺复兴时期的艺术巨匠，在世界艺术史上具有重要的地位，他们的艺术成就、创新精神和卓越才华，对全世界美术的发展影响深远。本次意大利顶尖创作团队和中国专业童书出版机构的强强联合，使意大利文艺复兴时期创造的人类精神财富和文化遗产，以全新的面貌被中国乃至全世界少年儿童熟知。“我不是天才”丛书通过新颖别致的创作视角、丰富翔实的内容和精美生动的绘画，让全世界少年儿童可以跨越文化和地理界限，身临其境地感受三位艺术家的成长轨迹和创作过程，更加深入地了解这些艺术家的内心世界和他们对艺术的热爱与追求，在阅读的过程中收获成长与启示。

多年来，中国少年儿童新闻出版总社一直致力于整合世界优质出版资源，在版权贸易、人才交流等多方面进行探索与创新，形成优势资源互补，逐渐由单纯的版权引进，转向联合策划、共同创意、联袂开发、国内外同步出版的版权合作方式。近年来，中国少年儿童新闻出版总社出版的《熊猫勇士》《马可·波罗历险记》等享誉海内外的优秀儿童文学作品，就是此理念的实践成果。而“我不是天才”丛书的创作进一步扩宽了已有国际合作出版模式的广度和深度。意大利创作团队充分考虑到中国少年儿童的成长背景与精神需求，对作品进行多次修改和完善。在中意两国创作团队的努力下，“我不是天才”丛书在我国首次出版，中国少年儿童新闻出版总社拥有该丛书全语种在全世界授权的权利。这是中国少年儿童新闻出版总社立足全球市场，打造世界精品少儿读物的新尝试，有利于扩大中国童书出版的国际影响力，为推动中国文化“走出去”积累重要资源。

儿童是人类的未来，儿童读物是哺育儿童成长的重要精神食粮。优秀的儿童读物让少年儿童理解文明互鉴的意义、友好和睦的价值。希望“我不是天才”丛书在促进中意民心相通方面更好地发挥桥梁纽带作用，带领世界少年儿童共赏多元文化之美、共谋文明互鉴之道、共创命运与共之未来。

郭　峰

中国少年儿童新闻出版总社社长

致读者

亲爱的朋友们:

我怀着激动的心情给你们写下了这篇前言。我的名字叫皮埃尔·多梅尼科，是个意大利人。我是一名作家。几年前，我去上海参加了一次书展,在书展上我遇到了中国少年儿童新闻出版总社图书中心的负责人。在交谈中，我们一拍即合，想为意大利和中国的孩子讲述人类历史长河中伟大人物的故事。最终,我们选择了三位文艺复兴时期的艺术巨匠——达·芬奇、米开朗基罗和拉斐尔。

在接下来的阅读中，你们会发现许多惊喜，我不想提前剧透。但我想说的是，在我看来，文艺复兴时期的核心内容可以用一个词来概括，这个词在当下尤其具有现实意义，它不是“艺术”，不是“重新发现”，也不是“名望”“财富”“成功”，这个词是“合作”。

文艺复兴不仅对意大利而言是一个艺术大爆发的时代，我认为它对整个世界而言都是如此。文艺复兴时期，一个被岁月尘封的世界得以被重新发现，文艺复兴赋予这个世界以新的生命。这个世界围绕着一个中心思想而发展，即人是一种有思想的、复杂的、奇妙的、和谐的存在，人类所在的宇宙也和人类一样奇妙、复杂、和谐。

在欧洲，文艺复兴代表着一个极其富裕的时期，现代银行的概念就产生于文艺复兴时期意大利的佛罗伦萨。“我不是天才”丛书中提到的艺术家，在文艺复兴时期已经非常有名了，就像我们现在的摇滚明星、伟大的运动员一样有名。每个人都想拥有他们的绘画和雕塑，他们停留过的城市、街道、旅店都被人们纪念。

但是名望、财富、成功、艺术、金钱，这些全部都是合作的结果。文艺复兴是通过合作实现的。这要归功于工坊的出现。

文艺复兴时期的工坊既指一个具体的地方，也表示一种观念：不同的人，不论他们是否能干，他们都要共同合作，互相学习，从事一些非常困难的工作。在当时，如果你觉得自己很擅长绘画、雕刻或空间设计，善于建造圆顶、高墙和回廊，你就应该离开家去工坊参加工作——那里有很多像你一样善于绘画、雕刻、设计和建造的人。在工坊里，你需要做各种各样的准备来为大师的工作做准备：清洗和制作画笔，研磨产自阿富汗的青金石来制作最优质的蓝色颜料，用尺子测量大理石块，凿大理石打样……有时你也需要从头到尾制作一件完整的作品。

工坊里没有固定的规则，没有对艺术专门的分类。相反，正是因为无论是最不起眼的工作，还是最重要的工作，工坊里的艺术家什么都做过，什么都知道怎么做，他们当中才涌现了那么多杰出的艺术家。艺术家们最开始都是从兴趣出发，后来慢慢地将自己的天赋锻造成才能。艺术家的才能不仅变成了艺术品，也变成文字，因为这样可以将它传授给进入工坊的新学徒。因此，才能不仅仅存在于某个人、某个天才的身上，它是一座城市、一个国家、一个历史时代所共同拥有的智慧。

这就是合作，一种共同参与的智慧。合作并不会削减某个天才的才华，也不会夺走他的创意或才能，反而使它们倍增。

怀着这一想法，十年前，我在伦敦成立了一家工作室，工作室的名字叫作 Book on a Tree. 你们手中的这套书就是 Book on a Tree 工作室与中国少年儿童新闻出版总社的编辑团队合力完成的。正是中意两国编辑团队与意大利艺术家高效而默契的沟通，才使这套丛书汇聚了各方智慧，顺利与中国的少年儿童见面。非常感谢出版过程中各方的努力！

祝你们阅读愉快！

皮埃尔·多梅尼科·巴卡拉里奥

意大利著名儿童文学作家、中意出版文化协会主席

Book on a Tree 创始人

艺术家用脑创作，而非双手。

——米开朗基罗

“哎，哎，哎！”克里斯蒂娜双手环抱在胸前，大声喊道，“这太难了，我做不了，而且现在只剩我自己一个人！我不想干了！”她生气地跺了跺脚。

她正在学校的美术室里，这是一个位于一楼的大房间，阳光透过几扇巨大的窗户洒在地板上。房间的墙边摆着各式各样的柜子，里面装满了绘画材料、折叠画架和尺子。课桌和椅子也靠着墙，因为这个房间的中央有四张大画布，每张画布都比床还大。而且，为了防止颜料溅到地板上，这些画布下面都垫着报纸。

这天下午，本来还有三个同学和克里斯蒂娜一起在这里为期末表演创作背景板。他们都是从擅长绘画的学生中挑选出来的，一人负责一张画布。一开始他们还在一起创作，但后来其他人一个接一个地离开了，最后只剩下她一个人。克里斯蒂娜以为他们去上厕所了，但是过了好一会儿，他们还是没有回来。就连本应在这里照看他们的老师，也跟着其他人一起消失了。克里斯蒂娜非常、非常恼火。

她看了看地上的画布。到目前为止，她只画了几笔，还擦掉又重新画了好几次。在家里，克里斯蒂娜几乎每天都会画画，但她从来没有在这么大的画布上画过。画布上的大片空白让她感到害怕。她听说过“白纸恐惧症”*，但直到现在她才明白为什么人们在创作时害怕空白。在这么大的画布上作画，与在一张标准尺寸的纸上画完全不同。与整个画布相比，她画的第一幅画就显得太小了，于是她马上就把它擦掉了。

*白纸恐惧症是指开始创作时，人们面对空白的纸张，大脑中一片空白，不知从何下笔的焦虑状态。

老师为他们提供了十几罐颜料和一些大大的画笔，但克里斯蒂娜以前从没使用过这样的画笔，也不知道该怎么用。她习惯用又细又小的画笔。本以为老师会给他们做个示范，告诉他们如何用大画笔作画，但老师只是告诉他们需要画什么。“今年的戏剧是由选入编剧组的同学写的。”老师说，“这是一个童话故事。现在，我将给你们分配需要创作的画面。”

克里斯蒂娜被分配的任务是画城堡里的大厅。这是一幅很难画的图——她需要画出魔术师俯瞰时的栏杆、地板、支撑屋顶的柱子，以及远处的山脉。克里斯蒂娜唯一确定的是她打算使用的颜色：浅灰色、深灰色、蓝色和紫色。至于其他的，她一头雾水。

“哎！”她叹了一口气，说，“我不知道该怎么办！”

她懊恼地踢了一下地板，结果不小心踢翻了一罐颜料。颜料罐开始滚动，克里斯蒂娜想要抓住它，却不小心撞倒了一个装着画笔的罐子，画笔又一支支都滚走了。

“糟糕！”看着到处散落的画笔，克里斯蒂娜大叫道，“我该先拿哪个？”

慌乱中，克里斯蒂娜追着一支画笔跑到了教室对面的角落，那儿有一幅天鹅绒窗帘，克里斯蒂娜以为窗帘背后是储备室的门。

她拉开窗帘，结果……

“哎呀！”她尖叫着，差点儿摔倒，赶紧停了下来。

帘子后面根本就没有门，甚至没有墙！下面好像是一个巨大的房间，地板在她脚下好几米远的地方，就像沉下去了一样。克里斯蒂娜发现自己站在一个木制脚手架上。“啪！”画笔掉落的声音打断了她的思绪，她一回头，画笔已经不见了。

“糟糕，这是学校的画笔！我得把它拿回来！”她想。但怎么才能从脚手架上下去呢？

“谁在那里？”下面传来一个声音，听起来不像是美术老师，也不像她认识的其他老师。

“谁啊？”克里斯蒂娜反问道。

“你说‘谁啊’是什么意思？是你闯入了我的地盘！你也是来偷灵感的，对吧？快下来！”

克里斯蒂娜小心翼翼地从脚手架的边缘探出身子。

站在下面的人个子不高，棕色鬈发，留着胡子，穿着衬衫、紧身长裤和靴子。

“一个小女孩！”他惊讶地说，“他们现在竟然派孩子来监视我！”

“监视您？先生，我甚至不知道您是谁。”克里斯蒂娜回答。

“我是谁？啊，我听到了什么！我是米开朗基罗·博那罗蒂。”

“啊！”克里斯蒂娜惊叹道。她从热爱艺术史的外公那里多次听到过这个名字。

“现在，小偷，请你也告诉我你的名字吧。”米开朗基罗说。

“我不是小偷，也不是密探！”克里斯蒂娜生气地回应，“我叫克里斯蒂娜，我来这里是为了拿回一件属于我的东西，或者说，属于我们学校的东西——一支画笔。”

米开朗基罗一改刚才怀疑的神情，双手叉腰，突然大笑了起来。“一支画笔！哈哈！在这里，你想要多少就有多少！”他一边说，一边张开双臂，向她展示周围的环境。

克里斯蒂娜仔细地打量着四周。这个房间很大，墙壁都刷了漆，地面也镶嵌着拼成几何图形的马赛克地砖。从地板到她所站的脚手架的位置，到处都是大大小小的画笔和容器，全都沾满了颜料。有些画笔比老师之前给他们的还要大得多，是她见过的最大的画笔，像扫帚把一样长。不过，也有正常大小的画笔，但它们都混在了一起。她怎样才能找到自己的那支呢？

“克里斯蒂娜，你要那支画笔做什么？”米开朗基罗继续说。

“我得为学校的演出画背景板。”克里斯蒂娜回答。在这个未知的地方，一位伟大的艺术家正讥讽地看着她，这让她感到绝望。“但我不知道该从哪里开始，因为我从来没有在这么大的画布上画过画。现在……我不知道这是哪儿，也不知道该怎么回去！”

“你真的认不出这是哪里？”米开朗基罗问道。

克里斯蒂娜更仔细地看了看周围。事实上，这个大厅有点儿眼熟，但她还是想不起来这是哪里。

“这可是西斯廷教堂啊！”米开朗基罗惊呼，“它非常有名，你不可能不知道！”

“噢！现在我明白了！又来了，我又穿越到大艺术家面前了！”她大叫了起来。

这里整个天花板上都是壁画，画面十分壮观。克里斯蒂娜扶着梯子，被眼前的景色震撼了。

“如果你不是蒙混过关偷溜进来的话，那就意味着你本来就能进来。显然，你有一种特质，让你能够见到我。”

西斯廷教堂内部是一个巨大的长方形空间，墙壁和屋顶上都画满了不同的画，整个教堂显得无比奢华。

“您和这些画有什么关系吗？”克里斯蒂娜问道。

“当然有关，这是什么问题？！整个天花板和我们前面的这面墙都是我画的！”

“您不觉得在一幅大画布上作画很困难吗？”

“不，我直接在穹顶上画！”

“那有多难呢？看这里！”米开朗基罗指着天花板说，“我画这个穹顶时，总得把头向后仰着，手臂向上举，这样颜料也会滴在脸上。这让我的脊椎出了问题，每当我低头时，总是感到头晕目眩！”

克里斯蒂娜着迷地看着天花板。穹顶的中央是长方形的，上面有一系列连续的画面，周围则环绕着一些较小的画，画的是单个人物。所有的人物都很高大，他们的身体比例非常匀称，强壮的肌肉因其扭曲的姿势而更加明显，这使他们看起来尤为庞大。

“这里描绘的是地球上的植物、动物、人类是怎么被创造出来的。”米开朗基罗解释说。

“这也太大了，就像我要画的背景板一样！”克里斯蒂娜大声说道，“整幅画有多大呢？”

“五百多平方米。”米开朗基罗回答。

“那您花了多长时间画完？”

“四年。”

“啊！我们只有三节课的时间来画背景板。我甚至都还没有找到我的画笔呢！”

“别担心，我会帮你找到的。”

“谢谢，”克里斯蒂娜说，“我需要更好地了解如何绘制大幅图画。您是直接在墙上画的吗？”

“这是一幅壁画。”米开朗基罗解释说，“之所以称为壁画，是因为它是画在墙上的，但不是在干燥的墙面上画的，而是画在一层新涂的灰泥上。我需要非常小心，因为一旦灰泥干了，我就无法再修改了，所以必须一次画成！更重要的是，由于我作画的那部分灰泥必须是湿润的，所以我每天只能在一个特定的区域内绘画。”

“那您从来没有搞砸过吗？”

米开朗基罗清了清嗓子，说：“当然没有在绘画上搞砸过！但我和我的助手们有一次在搅拌灰泥时出了差错，导致我们不得不重画一块区域。霉菌，就是搞破坏的罪魁祸首！”

“这么说，您有帮手？也对，天花板这么大……”

米开朗基罗露出一副不高兴的神态。“都是我自己画的，没有其他任何人的帮助！我的助手们只是帮忙准备灰泥和颜料。是的，没错，在我的时代，艺术家们通常将一幅画的绘制任务分出一部分，让助手们帮忙完成，但我不是，一切都是我自己来完成的！”

“我们学校有四个人负责画四幅背景图，但其他三个同学都不见了。”

“看到了吗，你永远只能依靠自己！如果你想做一件事，就必须自己动手去做。”

“不过，您一定非常热爱创作壁画，才能自己一个人画出所有这些画。”

米开朗基罗的表情变得柔和起来。“事实上，我真正热爱的是别的东西。来吧，我带你看看。”

米开朗基罗走近梯子，扶着克里斯蒂娜从脚手架上下来。从地面抬头望去，西斯廷教堂的穹顶更加令人惊叹。画面上的人物与近距离观看时一样清晰而明亮，这样巨大的画作意味着，人们即使站在数米之外也能看得一清二楚。

“这边走。”米开朗基罗点了点头示意，于是，克里斯蒂娜跟着他穿过了一扇小侧门。

门外是一个大庭院，无处不在的雕像让这里看起来白花花的。就连花坛里的一抹绿色，在白色的映衬下也显得更淡了。

“雕塑！”米开朗基罗说，“雕塑是我的至爱和使命。我可以毫不谦虚地说，我是这个时代最好的雕塑家。”

“我知道这个！”克里斯蒂娜指着路中间的一座雕像喊道，“这是大卫的雕像，他是那个打败巨人歌利亚的英雄！”

“没错！”米开朗基罗同意她的说法，“这是人类智慧能够战胜野蛮力量的体现。它成了佛罗伦萨共和国的象征，证明国家虽小，却能够勇猛地对抗敌人。”米开朗基罗在雕像前停了下来，欣赏自己的作品。

“在我生活的年代，艺术和哲学的主流思想是以人为本，强调人的智力和理性思维，因此就有了‘人文主义’这个词。你那个世界里，人们常说的‘文艺复兴’就是推崇人文主义的文化运动。文艺复兴之前，中世纪的艺术风格更加古板，不求生动形象，我们希望回归到对人本身的写实表现，比如典型的古典艺术——古希腊和古罗马的雕像，就是我们的灵感来源。”

克里斯蒂娜观察着周围的大理石雕像。有些是单人雕像，有些则是浅浮雕*群像。如果不是因为那耀眼的白色，它们看起来更像真人，而不是雕像。这些人物的形象是如此的逼真，肌肉是如此的结实有力，皮肤是如此的光滑，以至于他们看起来就像随时都会从底座上走下来一样。

*浅浮雕是一种传统的雕刻艺术形式。与高浮雕相比，它更加平面化，更接近绘画的形式，注重轮廓的勾勒和阴影的处理。

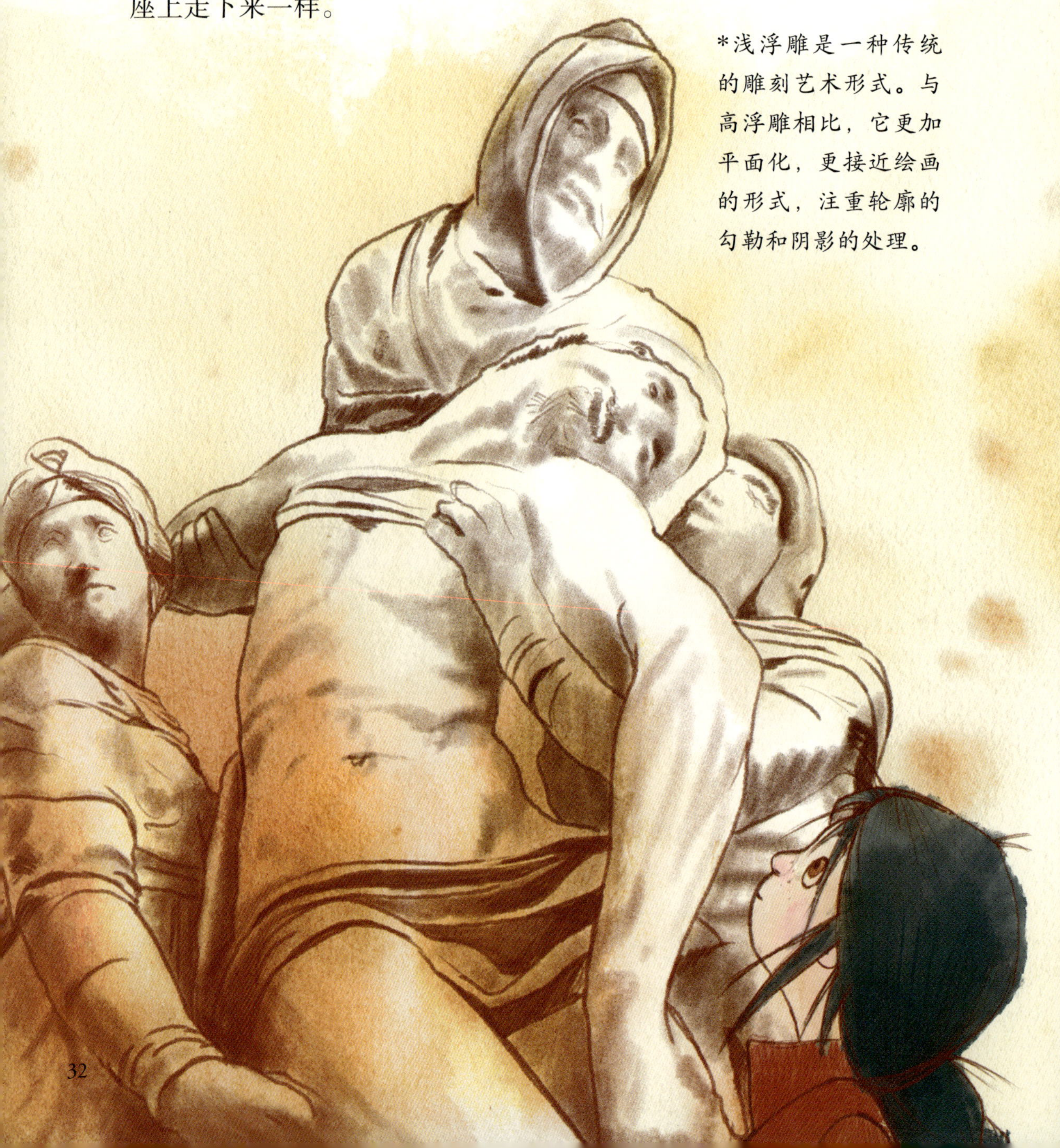

“但是，您是怎么做到的呢？”克里斯蒂娜问道。

米开朗基罗把手放在大卫的小腿上。“我能看到大理石里隐藏的雕像，接下来就是用凿子一下一下地把它雕刻出来。我对大理石情有独钟，因为我本能地知道在雕刻的过程中什么该去掉，什么该留下。凿子是雕塑家的重要工具，通常我的同行们只会在一开始使用它，但我用起凿子来得心应手，所以全程都用凿子来创作。”

“您从哪里弄来的大理石？”

“大理石是一种构成山脉的岩石和矿物，采石场可以找到大量的大理石。卡拉拉的大理石是意大利最好的大理石之一。”

“然后呢？”

“这些大理石是由熟练的工人从石山上切割下来的。为了挑选最好的大理石块，我在卡拉拉待过很长时间。大理石的石质必须纯净、均匀，没有可能导致断裂的纹理，也不能太硬以至于无法塑型。”

克里斯蒂娜继续在庭院里闲逛，她一会儿路过酒神巴库斯雕像，他手中端着酒杯，在藤叶的掩映下更加生动；一会儿在半人马之战浮雕和圣母子浮雕之间穿梭。她对这儿最感兴趣。

在浮雕旁有一座端坐的圣母像，圣婴站在她身边。圣母沉静而优雅的面容让克里斯蒂娜印象深刻。在它的旁边，还有一座更令人惊叹的大理石雕像。这座雕像也刻画了圣母，她的面容与另一座雕像非常相似，但更悲伤、严肃，一个孤独凄苦的人躺在她膝上，圣母抱着他。

“这是《圣母怜子像》，”米开朗基罗看到克里斯蒂娜困惑的表情解释道，“它表现的是基督受难后，圣母用双臂将死去的基督抱在怀里的情景。这是我毕生钟爱的主题。我一共雕刻了三座圣母怜子像，这座是我年轻时雕刻的，另外两座是我年老后雕刻的。我待会儿展示给你看。”

克里斯蒂娜认为，这是她在庭院中看到的所有雕像中最动人的一座。母亲的痛苦显而易见，却又有所克制，而且大理石被打磨得光洁如丝绸。她被深深触动。

“我明白为什么您说雕塑才是您的天赋了。”她说，“而且，您想做的一切都能成功，您一定很满足吧！”

听到这种称赞，米开朗基罗似乎非常高兴，但没过多久，他就泄气了。他若有所思。“其实，事情并不总是这样的，”他说，“我现在就带你去看。”

他带着克里斯蒂娜穿过另一扇门，离开了庭院，他们走进一个又高又窄的房间。因为里面也有大量的大理石雕像，所以这个房间也是白色的，但给人的感觉没有庭院那么明亮耀眼。这里有复杂的大理石群雕，雕像被嵌在壁龛里和柱子上，还有一些未完成的雕像，被包裹在大理石块中。米开朗基罗在第一座也是最大的一座雕像前停了下来。

“这是教皇尤利乌斯二世的墓碑，我年轻时曾为他工作过。这座大理石墓碑困扰了我三十多年。起初，这个项目包含四十座雕像，以长方形的结构陈列；但最后，只剩下我们面前的这面墙，上面共有七座雕像，其中只有三座是我雕刻的。”

“为什么会出现这么多问题呢？”

“合约上的纠纷太多了，还有其他项目、工作日程、客户的因素，现在已经无从说起了。事实上，我本来希望借此再现辉煌，但不仅身心俱疲，而且几乎都没完成。”

“不过，中间的这座雕像非常漂亮。”

“没错，这是《摩西像》，刻画的是目光炽热的伟大先知摩西，我对它也很满意。但本应该有四十座这样的雕像。”米开朗基罗指了指那些散落在房间各处、完成度各不相同的大理石雕像，“那些是奴隶像，还没完成，它们本应是这个墓碑的一部分。”

“那些又是什么呢？”克里斯蒂娜指着另外两面大理石墙问道。

“它们是两位公爵的墓碑，洛伦佐·德·美第奇的墓碑下面是《晨》与《暮》，朱利亚诺·德·美第奇的墓碑下面是《昼》与《夜》。美第奇家族是佛罗伦萨的贵族，也是我的客户，让我被契约束缚。墓碑下面本应还有一层是水神的雕塑，我为此忙了很多年，却依然没有完成。”

“客户……”克里斯蒂娜想了想，“您的意思是，有人请您为他们工作？”

“在我生活的时代，”米开朗基罗解释说，“艺术家为那些付钱给他们的客户工作，这些人希望用艺术品来装饰教堂、私人住宅和公共建筑。艺术是财富的一种体现：那些有能力的人会雇用最好的艺术家来帮助他们提高自己和家族的声望。特别是贵族家庭和作为梵蒂冈最高统治者的教皇，投入了大量财力制作越来越壮观的艺术品，来装饰他们的城市和住所。中世纪衰落的罗马自此重新成为欧洲主要的文化中心之一，在艺术和建筑上都得到了彻底的复兴和发展。”

“这么说，客户很看重他们聘请的艺术家吧？”

米开朗基罗叹了口气，说道：“与有权有势的人打交道并不总是那么容易。而我也不是一个容易相处的人。我经常与客户争吵，还被卷入他们的政治争斗中。”不过，他的目光又亮了起来，“因此，我在年轻的时候就尝试了一套截然不同的工作流程。首先，我按照自己的喜好和时间来创作艺术品，然后就有人买下了它们！这种情况并没有持续多久，因为后来我开始为教皇服务，但我预见到了时代的发展：几个世纪后，许多艺术家终于可以这样工作了！”米开朗基罗满意地笑了。

“那么……您的作品几乎都是受他人委托而创作的？您不能雕刻您自己真正想要创作的作品吗？”克里斯蒂娜同情地问道。她想到在家里，她画的都是自己想画的东西。也许，这就是为什么她感到画背景图是如此困难的原因。

“为了让我的家庭在经济上有保障，我总是接受很多委托。多到我已经无法完成其中一些作品了，比如尤利乌斯二世的墓碑。我为我的家庭积攒了一大笔钱，但我自己却生活得非常节俭。不过，我应他人要求所做的一切，最后都是以我自己的方式完成的。在我生命的最后几年里，我又重新开始为自己雕刻。”米开朗基罗回答说，“来吧，我说过要把它们展示给你看。”

米开朗基罗回到布满大理石雕像的庭院，克里斯蒂娜紧随其后，朝对面角落里的阴影走去。阴影里还有另外两座雕像，一座更为精致，由四个交织在一起的人像组成，另一座只雕刻了两个人，而且雕刻得十分粗糙。克里斯蒂娜明白了，它们就是其他的圣母怜子像。

“我活了很长时间，”米开朗基罗说，“比我那个时代人们的平均寿命还要长。当我老了，我又开始为自己雕刻，做我想做的事，也就是创作更多的圣母怜子像。是的，这个主题对我来说非常重要，尤其是当我的生命临近尾声的时候。我甚至把我自己也雕刻进去了，在这里，你看到了吗？这是一座自塑像。”

“哦，是的！”克里斯蒂娜感叹道。这位留着胡子、戴着头巾的老人，在完成度最高的圣母怜子像中帮忙托着基督的身体，看起来很像米开朗基罗。

“还有其他的吗？”她问。

“是的，还有一些。”米开朗基罗向她眨了眨眼睛，“来吧。”

他们回到了西斯廷教堂。这一次，米开朗基罗指着后墙上的巨幅壁画说：“看那里！”

在高处，大概是这幅画的中心位置，有一个上了年纪但精力充沛的人，手中抓着一副皱巴巴的皮囊，通过皮囊的面部特征可以辨认出这正是米开朗基罗。“那就是我，在那里！”米开朗基罗指给她看，“我成了圣巴塞洛缪手中的皮囊，这就是我在画这幅画时的感受：遭受不公，筋疲力尽！”米开朗基罗张开双臂，想要把这幅巨大的画作拥入怀中。

这是一幅巨大的壁画，从天花板一直延伸到墙壁两侧的两扇门边。在这幅壁画中，可以看到一团团似乎在扭转着上下移动的人体。

“这代表什么？”克里斯蒂娜问道。

“这是《最后的审判》。”米开朗基罗解释说，“它代表了在时间的尽头，好人将升入天堂，所以他们被描绘成向上升起的人物形象，向着天使的方向升起；而坏人则将被魔鬼拉下地狱。”

“这也是您自己画的吗？”

“当然，”米开朗基罗回答，“我的助手们只是在一开始帮我准备好灰泥和颜料。我创作这幅作品花了五年时间，开始动笔的时候我已经六十多岁了，所以肯定比画穹顶壁画时更累、更疲惫。”

克里斯蒂娜欣赏着巨大的墙壁上那蓝色的天空和相互交织的人物。伴随着庄严的音乐，它确实让人身临其境。

“这些巨大的壁画是您创作的，但您却说它们不是您真正的热忱所在，还让您精疲力竭。那么，您为什么要接手这项大工程呢？”克里斯蒂娜问道。

“一方面，当然是因为我被当时的客户，也就是教皇的要求所约束，我无法拒绝他。”米开朗基罗回答道，“另一方面，只做那些对自己来说很容易的事情，是不会获得真正的满足感的。你必须面对那些困难的、费力不讨好的任务，那些看似不可能完成的挑战。人生是一条蜿蜒崎岖的赛道，成长的每一步都伴随着困难和苦难。但你绝不能逃避，你必须全身心投入其中，经受磨难。如果你想有所成就，就必须全力以赴。”

“那您想实现的目标是什么？”

“一切！”米开朗基罗回答道，“也就是关于艺术的一切。表达人类的力量、能力、伟大，但也要表达苦难与折磨。无论在雕塑还是绘画中，我都把人体作为我艺术创作的重心。人类正是有了肌肉和骨骼，每天才能承受苦难和开展行动。人们内心迸发的激情，也是通过外在肢体的扭动和运动得以显现。所以，激情引导我度过了漫长人生中的所有困难和阻碍。”

“所以……我也应该开始着手画背景板，尽管这很困难？”克里斯蒂娜问道。

“当然，”米开朗基罗回答，“你必须直面你对画布的恐惧，并开始创作。因为只有这样，你才能进步。”

“那我该怎么做呢？”

“只需迈出第一步——开始动手，仅此而已。然后，创作这件事本身就会引导着你。我一生都被我对艺术的热情所引导。”

“以什么方式引导呢？”

“从年少之时到迟暮之年，我一直在创作。我不停地雕刻、绘画，直到生命的最后一刻。来吧，我再带你看看。”

米开朗基罗带着克里斯蒂娜再次穿过西斯廷教堂的一扇门。他们来到另一个装饰精美的房间，比西斯廷教堂大厅略小，但同样富丽堂皇。

“这里是保禄小堂。西斯廷教堂是一个公共场所，当要选举教皇时，红衣主教们会聚集在那里，而这里是一个供教皇私人祷告的小教堂。我画了这两幅画，”米开朗基罗指着中间两幅相对的壁画说，“《圣保罗的皈依》和《圣彼得的受难》，在教皇领导的教会诞生过程中，它们是两起非常重要的事件。”

这两幅壁画中的人物同样肌肉发达，身体和头都扭曲着。

“画完这两幅壁画时，我已经七十五岁了。”米开朗基罗继续说，“虽然当时身患各种疾病，但我还是画完了。”

“从青年到暮年，您总是以同样的方式作画吗？”克里斯蒂娜问道。

“不，不！”米开朗基罗回答，“比方说，看看这个。”

在房间的一个角落里，陈列着一幅圆形的画作，镀金的画框把它装饰得像一颗宝石。画的中央是圣母，她正坐在地上，向后转身抱起圣婴。

“这是我创作的唯一一幅板上蛋彩画，当时我还很年轻。它被称为《杜利圣家族》，因为它是佛罗伦萨富商杜利委托我画的。你觉得这幅画和刚才那幅壁画有什么不同？”

克里斯蒂娜想了一会儿。“这幅画中，前景的人物更清楚，更加轮廓分明。”她指着《杜利圣家族》说，“他们的形象更凸出，看起来像是用一块明亮的石头雕刻出来的。”

“随着时间的推移，我创作的人物更大、更柔和，且不那么锐利了。”

“但色彩仍然丰富。虽然没有那么鲜亮，但仍然包含很多颜色。”

“没错，”米开朗基罗点头表示同意，“我一直喜欢纯粹、明亮的色彩。和我同一时代的一些画家喜欢用油彩营造明暗对比效果，但我不喜欢，我对鲜艳明亮的蛋彩画一直情有独钟。没有必要在阴影部分使用不同的色彩。仅用一种颜色就可以呈现光影效果——光亮处用更浅的颜色，阴影处用饱和度更高的深色。”

“难道油画颜料无法呈现出鲜艳的色彩吗？”克里斯蒂娜问，“我以为可以呢。”

“也许对其他人来说是可以的，”米开朗基罗嗤之以鼻，回答说，“但油画颜料是为那些没有信心、总是要修改的人准备的！蛋彩画才是为真正的艺术家准备的。你必须要有足够的自信才能使用它们！”

“我今天看到的许多绘画和雕像中，都有圣母扭转上半身的动作。所以，随着时间的推移，有些东西会发生变化，而有些则保持不变？”

“艺术风格会随着时间的推移而发生改变，这是一个自然的过程。”米开朗基罗回答，“我们在改变，我们创作的人物就会随之改变。手臂的力量也会随着时间的推移而变化，但指引你的精神则会一直存在。”

克里斯蒂娜再次观察了《杜利圣家族》与保禄小堂里的壁画之间的差异。她指着《杜利圣家族》，说：“我觉得这个看起来更逼真。”

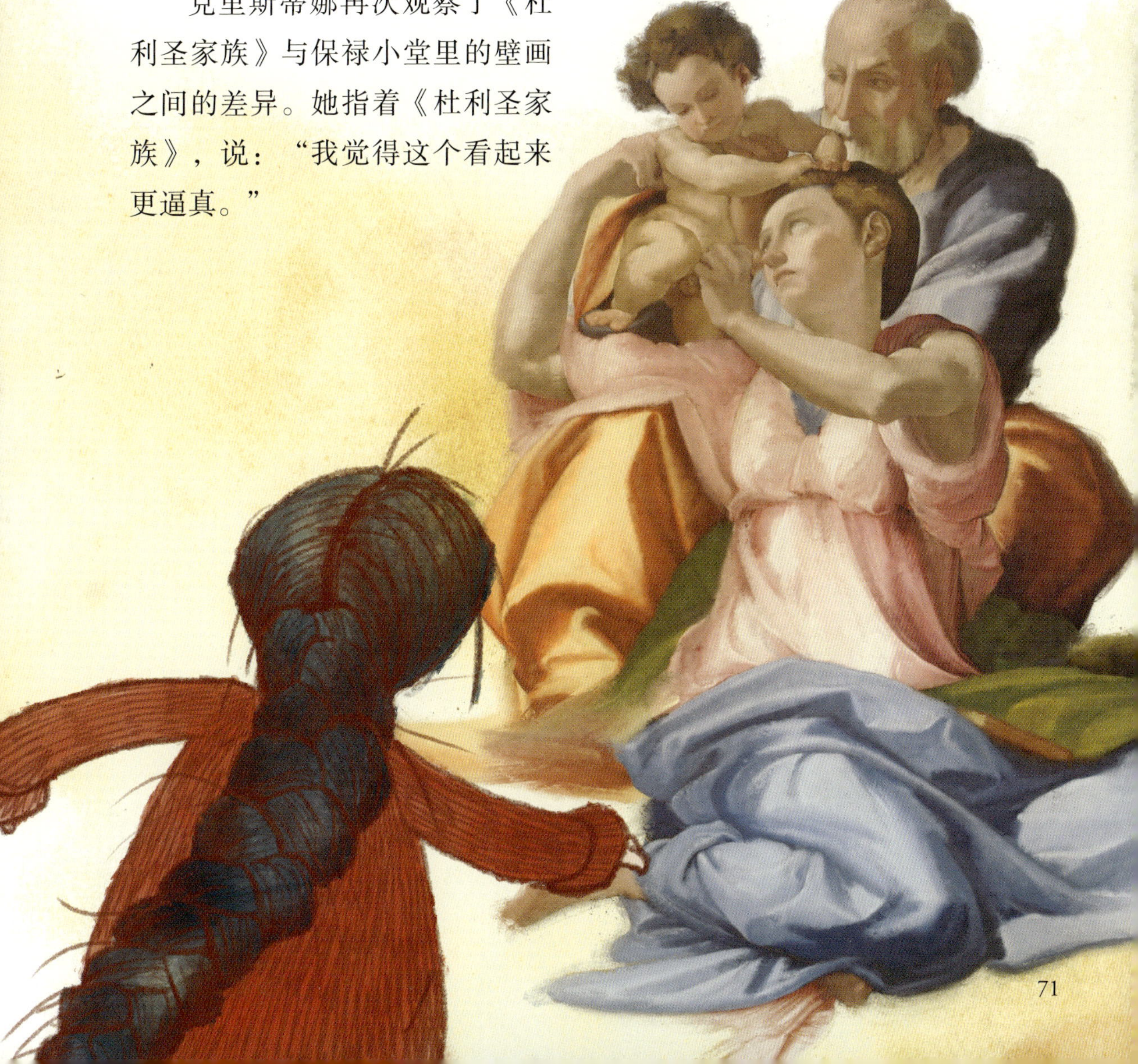

“我年轻的时候，追求‘现实主义’。后来，我认为人物姿态的表达更加重要，甚至不惜为此牺牲最严格意义上的现实性。这就是‘矫饰主义’。”

"'矫饰主义'？"

"'矫饰主义'是一个专业术语，用来表示艺术史上某个时期的艺术风格，相对'古典主义'，更追求夸张、变形、个性化与独特性。'矫饰主义'的灵感更多地来自之前伟大的艺术家，而不是对自然的直接观察。就我而言，我将我在早期作品中就已经探索过的、对人物身体姿态的兴趣继续发挥到极致。"

“为什么您认为扭转的动作这么有趣？”

“它们是我和我同时代的人所追求的艺术创新的一个标志。运动状态的呈现代表了时代性，反映了一个不断变化和发展的世界。我们不再只创作刻板的线性图形，而是呈现动态的、有爆发力的、能立即吸引眼球的人物形象。”米开朗基罗露出了得意的表情，“最重要的是，你必须非常优秀才能创作出它们。”

“我的外公总是说，要想真正擅长某件事，你必须专注于这一件事情上。”克里斯蒂娜说，“您也是这样的吗？您如此优秀，是因为您只专注于雕塑和绘画吗？”

“我的确把大部分时间都用在了雕塑和绘画上，”米开朗基罗回答说，“只有这样全身心地投入，才能创作出伟大的艺术作品。然而，我并不只做这些事。我还致力于其他事情。”

“比如什么事情？”

“首先，我也写诗，曾写过一本诗集。尽管写作对我来说不像绘画或雕塑创作那样自然而然，但这也是我表达情感的另一种方式。”

“的确。”

“我也曾有一段时间投身于政治，加入了我所在城市佛罗伦萨的议会。但那是一个非常复杂的人生阶段。”

“我明白。”

“然后，我还当过建筑师。跟我来。”

他们回到西斯廷教堂，穿过了另一些房间和走廊，上了楼梯，推开门，最后来到一处露天的庭院。克里斯蒂娜从电视上看到过很多次，她认出了这个庭院——圣彼得广场。

现在，克里斯蒂娜对任何事情都不再感到惊讶了。她已经从学校的教室来到了圣彼得广场！

“你看到那里了吗？”米开朗基罗问，“往上看，在顶部！”他指着那座宏伟建筑的圆顶说。

“那也是您做的吗？”克里斯蒂娜很惊讶。

“正如我之前告诉过你的，当时许多城市都在进行彻底的改造，尤其是罗马。”米开朗基罗解释道，“圣彼得大教堂——改造前的老圣彼得大教堂早已存在，但为了使其更庞大、更宏伟，我们就对它整体进行了重新设计和重建。几个世纪以来，许多建筑师都相继参与到这个项目中。有一段时间，我也参与了新草案的设计和工程的指导。穹顶的图纸是我设计的，后来由其他建筑师完成了施工。”

米开朗基罗走了几步，仔细端详着圣彼得大教堂的外墙。

“说实话，我为整个外墙设计了一套方案，这样整个教堂外观统一并且突出顶部。但后来却采用了另一套设计，把外墙往前移了一点儿，这意味着当你从广场上看大教堂时，一部分穹顶就被遮挡住了。啧啧啧！我总是说，你必须自己做完所有的事情，否则别人将会毁了一切！”

“可是在我看来，穹顶还是很显眼啊。”克里斯蒂娜说，“真大啊！”她个头儿不高，但仍然可以很清楚地看到穹顶，特别是当她稍微向广场两侧走一点儿时。

“您做了这么多事情！”她继续说，“怎么可能完成所有这些项目？我甚至还没有开始画背景板，而且我还弄丢了画笔！”

“想像我这样优秀，是很难的。”米开朗基罗得意地微笑着，回应道，“但只要你真的努力，你也可以做成很多事情。现在你已经看过我的壁画了，我相信，你会画得很出色的。”

“那我的画笔呢？”

“我们马上就会找到它。”米开朗基罗说，“来吧。”

他们穿过之前走过的楼梯、房间和走廊，回到了西斯廷教堂大厅。那里到处都是装满画笔的罐子和散落在地板上的画笔。她怎样才能找到自己学校的那支呢？

“您能帮我找找吗？”她问道，接着探头往一个罐子里看去。

“不止是‘找找’哦。”米开朗基罗说，“看，在这儿！”他把手伸进口袋，掏出了那支贴有学校标签的画笔。

“竟然在您这儿！”克里斯蒂娜惊呼，“怎么会呢？”

“它一从脚手架上掉下来，我就注意到了，我一直拿着它是为了确定你是带着善意来到这儿的——我不喜欢工作的时候被人窥探。不过，我发现你来这里不是为了捣乱，而是来学习的。现在，你可以回去做你的学校作业了。别忘了我给你看过的作品！”

“当然，米开朗基罗先生。”她回答，“我不会忘记的！”

米开朗基罗把画笔递给了她。克里斯蒂娜一接过画笔，就发现自己回到了学校的美术室，面前是她的那块大画布。

克里斯蒂娜赶紧在调色板上调好颜色，开始作画，一刻都不耽误。当她的三个同学回来时，她已经画了三分之一了。

“你已经画了这么多了！真快！”他们对她说。

“因为你们已经离开三小时了！现在都是晚上了！”

“不对啊，我们只出去了半小时。”他们说，“我们去和编剧组的同学聊了聊，看看怎么才能让这些图画呈现出最好的效果。我们现在就告诉你。”

他们四个一起讨论如何按要求完成任务。最后他们决定，最好的办法是每一块画布都分工合作。于是，他们每个人都参与了四幅背景图的创作，就连克里斯蒂娜刚才已经开始创作的那幅画，也在大家的合作下完成了。

米开朗基罗曾说过，最好的方式是独自工作，但克里斯蒂娜对此表示怀疑，在他教给她的所有宝贵的东西中，只有这一点是不准确的。他是一个非常有才华的人，但也是一个非常爱发牢骚的人！

演出非常成功，背景图也得到了许多称赞。就连平时吝惜赞扬的外公，也表扬了克里斯蒂娜和同学们的画作。

“这都要归功于米开朗基罗先生！”克里斯蒂娜说。

“什么意思？”外公疑惑地问道。

“这是一个秘密！”克里斯蒂娜回答，然后笑着跑开了。

塞西莉亚·拉泰拉

意大利知名作家、插画家、漫画家。她喜欢阅读、写作和绘画，用这些方式来表达她对故事的热爱，著有《树叶是如何回到树上的》《十七位意大利卓越女性的故事》和《白色帐篷》等作品。她曾与多家知名出版社合作，作品《卡罗莱纳的山茶花》和《一群孩子拯救了那不勒斯市政厅》荣获意大利“绿色关爱奖”。

塞西莉亚对恐龙、中世纪和维多利亚时代有着深厚的兴趣。她常常坐在书桌前，面前摆着笔记本、茶杯和待办事项清单。她的儿童文学作品构思精巧，具有深厚的历史底蕴，极富感染力。

詹卢卡·加罗法洛

意大利著名插画家和视觉艺术家。他的作品入围博洛尼亚童书展插画师展览，并被指定为《博洛尼亚插画展年度作品集》封面。

詹卢卡·加罗法洛对建筑和绘画有着极大的热忱，多年来一直活跃在儿童插画、视觉设计和建筑领域。他与多所学校合作，为儿童和青少年开设视觉感知、绘画和插画研讨会。他曾与许多国际知名出版商合作，包括牛津大学出版社、培生教育出版集团、阿歇特童书等。